失われたもの
たちの国で

深沢レナ

IN THE COUNTRY OF LOST THINGS

Fukazawa Rena

失われたものたちの国で＊もくじ

＊

装画　柳田久実

序

どうぞこちらへ

お名前は？
はい。
お名前は？
深沢です。
下のお名前は？
レナ。
深沢レナさん。

はい。
おいくつですか？
はい。
お歳はいくつですか？
三十三です。
ご家族はいますか？
はい。
いる？
三年前に離婚しました。
結婚されていたんですね。
はい。
仕事はされていますか？
やってます。

ご両親はいますか？
はい。
実家には帰らないのですか？
いいえ。
帰る？
いいえ。
帰らない？
はい。
ご兄弟は？
いいえ。
兄弟はいない。
はい、姉が一人。
ここでの生活は幸せですか？

……。
聞こえてますか？
はい。
ここでの生活は幸せですか？
はい。
朝何時に起きるのですか？
八時です。
何時に寝るのですか？
二時と一〇時です。
食事はとっていますか？
はい。
三食ちゃんと？
いいえ。

あまり食べてない？
やってます。
好きなものは何ですか？
アイロンの匂いです。
好きな食べものは何ですか？
卵焼きだと思います。
甘口？　辛口？
はい。
どちらが好きですか？
どちらでも。
嫌いなものは何ですか？
子供の匂いです。
嫌いな食べものは何ですか？

子供の匂いです。
子供が嫌いですか？
いいえ。
子供の匂いが嫌いですか？
嫌いです。
お子さんはいますか？
いました。
今は実家に？
死にました。
そうですか。
虐待です。
はい？
虐待です。

お子さんが?

虐待で死にました。

旦那さんが?

わたしです。

……。

わたしが虐待して死にました。

……。

簡単に死にました。

そうですか。

とても寒かったし、そのころ、夢ばかり見ていたから、クッションを、わたしは被せました。

はい。

泣くのをやめなくて、やめてほしいのに、やめてくれなくって、静かにって夫は痛いし、音を止めなきゃと思って、そうすると、そばにちょうどいいクッションがあったんです。

はい。

それでクッションをつかんで、イルカのかたちのクッションで、押さえ込んでやってみて、やってみたのにまだやめなかったのだけど、もっと痛いと困り、さっそくフォークをつかんで、それで腹を刺しました。

はい。

何回も刺しました。

そうですか。

鶏肉みたいでした。

何が？

赤ん坊が。

……。

刺したら鶏肉みたいでした。

そうですか。

鶏肉の皮にフォークをぶっ、ぶっ、と刺すの、焼くとき皮の方が縮むことがなくてすむから、刺すときの、鶏肉みたいでした。

はい。

子供はいますか？

はい？

子供はいますか？

はい。

子供は好きですか？

ええ。

子供は好きですか？

はい。

子供の匂いって生臭くないですか？

はい？

子供の匂いって生臭くないですか？
いいえ。
子供の匂いって生臭くないですか？
まあ。
子供の匂いって生臭くないですか？
はい。
そうですよねとても生臭いですよね。
……。
聞こえてますか？
はい。
子供は好きですか？
はい。
子供は好きですか？

……。

聞こえてますか？

……。

鶏肉は好きですか？

……。

どちらが好きですか？

……。

聞こえてますか？

……。

あなたは誰ですか？

……。

聞こえてますよ？

……。

教えてください。

……。

お名前は何ですか？

……。

ねえ深沢さん。

埋葬

雨がざわめいていた。重い水滴が傘に当たってぱたぱたと音を立てた。私は一列に並び歩く親戚たちの後ろについていて、いくつもの墓石の間を抜けていった。傘を後ろに傾けると前方に連なった喪服が見えた。皆足を石畳に擦るように歩く。肩に雫が垂れ服に水が浸み込んできたので、私はまた傘をまっすぐに戻した。

雨は昨夜から降り続いていた。昨日の夕方頃、今日の知らせが来たのだった。会社にいた私は電話を受けながらメモを取っていたが、うん、と頷くと墓場にいた。ここのところそういうことばかりだ。寝ていると思っていたらいつの間にか目覚めていて体はもう別の場所に着いていたりする。

白い墓石の前に来ると親戚たちは足を止めた。最後尾を歩いていた私はその列の端に位置したが、こういう場合何をするのかわからず、ただ墓石を眺めていた。葬式ははじめてなのだ。いや、二、三回目ということも有り得る。次第に親戚たちが私の方に視線をやっているように思えてきてならなかった。思えるだけではない、本当にちらちらと見ている。何かしでかしたのだろうか。私は一人一人の顔を順々に見ていったが、皆、私に見つめられると気の毒そうな顔をして視線を落とした。やはり何か悪いことをしてしまったらしい。でも私には何の心当たりもない。いつもそうなのだ。記憶はすでに無く、私の中に残されているのは罪悪感の感触ばかりだ。もしかしたら私は自分が生まれる時に地中にはるか昔から捨てられていた罪悪感を連れて来てしまったのかもしれない。この感覚は私のものなのか、皆のものなのか。でもきっと考えすぎだ。そうだ昔から私は考えすぎだと父に言われていた。おまえはものを考えすぎるよ。それも悪い悪い方へな。まるで世界中がお前に責任を背負わせているみたいに。ほら背中を伸ばして周りをよく見てみなさい。世界ってのはそんなんじゃないじゃない。この世ではすべてのものがただ在ることを祝福されているの。だから安心して世界に身を委ねなさい。そう言ったのは父ではなく母だったろうか。あるいは父でもなく母でもなく妹だっただろうか。お兄ちゃん、大丈夫だよ、もっと力を抜いて。

妹の姿が見えない。葬式の代わりに結婚式に行ってしまった可能性もある。だがそれよりも時折親戚たちの顔が回っていることが気にかかる。何秒かに一ぺん首の真ん中から上がくるりと回るのだ。「――――。」どの顔も回りながら何か喋っているが私には聞き取れない。「――――。」

聞こえないから聞こえないままでいようとしていると、親戚の女が近寄ってきて私の両耳に手を伸ばした。急に音声が耳の中に入ってきてクリアになった。私はヘッドホンを装着したままだったらしい。道理で聞こえなかったわけだ。生まれてからこの方ずっとヘッドホンを着けたままでいたようなものなのかもしれない。はずしてもはずしても装着している。女の手中のヘッドホンは大きな丸い二匹のカブトムシになって、手のひらの上で短い足をばたばたさせてひっくり返り、森の方へと飛び立った。

「埋葬屋さん、埋葬屋さん」女が言った。

私は後ろを振り返ったが、他には誰もいなかった。

「埋葬屋さんったら」

いいえ私は埋葬屋ではないよ、と反論しようとして、口をつぐんだ。**いったいどこの誰なら自分は埋葬屋ではないと言い切れるのだろうか？** 百パーセント埋葬屋でない人間など本当にいるだろうか？ 女は私を見ている。私を見るその目は確信に満ちている。確信に満ちた目で見つめられると見つめられた側は見つめられたようになる。そう。確かに私はれっきとした埋葬屋なのだ。

「はやく埋葬してくださいな」

客たちが埋葬を待ち望み、私は埋葬することを待ち望まれていた。親戚ではないことが悲しかったが、私はもう埋葬屋だから、うん、と頷くとすでに骨壷を抱きしめていた。骨壷は丸くてツヤがあった。せめてここに妹がいてくれたらと思った。でも私に妹なんていないのだ。いまや私はひとりっこの埋葬屋だった。

白い墓石と対峙すると、墓はすぐに蓋の石を開けてくれた。ありがとう。四角い穴の中に地中へと続く階段があった。私は骨壷を落とさないようゆっくり降りていった。腐った土の匂いが鼻の奥に流れてきた。上を振り返るとすっかり私の体は地中に収まっていて、四角く切り取られた空が遠くに見えた。穴から覗くいくつかの目が私と骨壷をぎょろぎょろ見下ろしていたが、誰かが蓋を閉めようとしているのだろう。重い石の擦れる音がし、私は慌てて右手を上に伸ばした。温かく湿った手が私の手を握って言った。

「世界にもっと身を委ねなさい」

女の声だった。力が抜けた。手が離された。

母さん、と言った時には蓋は閉められていた。私はしまわれてしまった。そこは壊れた冷蔵庫のようで、古い冷気はぬるく、空気はかびていた。ここで私は誰の罪を贖い続けるのだろうか。私は埋葬屋になんかなりたくなかった。でも入り口が閉じられてしまった以上、埋葬屋であることから逃れられやしない。

「お兄ちゃん」と骨壷が言った。

ああそうだ。ここが私の居場所だ。

森の番人

夜が明けた。船がもう出ていくところだったにもかかわらず、この先に進んではならないと森の番人はあくまで言い張った。森の番人と言い争っても無駄だということは昔から教わっていた。出航を知らせる大きな汽笛が鳴った。取り残されたわたしは入り口で立ち尽くし、番人と見つめ合う形になった。

番人と呼ばれる生き物を見るのはわたしにははじめてのことだった。番人には目が二つもあり、顔の真ん中には突起物が付いていて、頭には水草のような細長い物体が無数に生えていた。風が吹くとその水草のようなものが絡まっていかにもうっとうしそうに思えた。わたしたちならそんな邪魔なものはすぐに抜き取ってしまうだろうが、合理的な考え方をしないのが森の番人というものだ。

まだ山頂に満月が引っかかったままだったけれども、太陽はまるくのぼりはじめていて、日に照らされたわたしと番人は徐々に溶け出してきた。身体が溶けるにつれてわたしたちの外見は似通ってくるようで、けれどもそんなことを口にすることなど船がいってしまった今でもやはりできず、わたしたちは言葉を交わすことなくただ静かに見つめ合っていた。

太陽が空の中央を通り過ぎて月を追い越し森の端へと傾きはじめたときには、わたしの耳は溶けて顔よりも小さくなっており、番人の頭の水草は熱で抜け落ちていた。そして日の光がもれなく消えてしまう頃、番人がくしゃみをし、その反動で二つの眼球が落下した。番人はとっさに拾おうとしたのだが、潰れた眼球の白い溶液の匂いにつられてやってきた森ウサギたちが、ズルズルと音を立てて啜ってしまったのだった。

目を失った番人の眼窩は黒く途方に暮れているようだった。番人は立ち尽くしたまま二つの穴を空に向けた。森の番人というのは何よりも目を頼りにしているのだと聞いたことがある。悲しみのあまり自ら溶けて消えようとしているのかもしれない。たかが目ごときで。わたしは自分の眼球を取り出し二つにちぎって番人の両の眼窩へと押し込んだ。一瞬、周囲が真っ暗になった。が、そのうちごつごつとした硬いものを感じ、徐々に自分が視力を回復していることがわかった。ぼやけた視界のなかで、両手を合わせた番人がわたしに向かって上半身を曲げていた。

森の奥で汽笛が鳴った。船がわたしの不在を知って戻ってきたのだろう。わたしは黙って歩き出したが番人はなぜか止めようとしなかった。合理的な考え方をしないのが森の番人というものだ。湖に辿り着きわたしは船へと乗り込んだ。食事の間、番人とのことを密告されやしないかと内心はらはらしていたが、月はただ、わたしの眼窩のなかでじっとまるくなっていた。

夢追い人とハイエナたち、　および地下の生活について

1　夢追い人は地下に暮らしている。

2　夢追い人は言葉を交わさない。

3　地上で埋葬された死者の体から漏れ出す夢が土を濾過して雫となり地下の世界へ夢漏りしてくる。

4　夢追い人たちは垂れてきた夢を瓶に入れ密閉し棚に並べて保管する。

5　一つの巣穴につき五〇〇ほどの夢が収集され、集められた夢は中枢へと伸びるチューブに接続される。

6　そのチューブはマザーの体につながっており、集められた夢がマザーの眠りに点滴されることになる。

7　マザーに直接会ったことのある者はいまのところ一人もいない。

8　夢追い人は眠らない。絶えず夢を採取してマザーを育てているうちに彼らの生はいつのまにか終えられる。

9　昔、夢とは生きているときに見るもので、地上のいたるところにありふれていた。人間だけでなく動物や植物も互いに夢で会話をするのが常だった。夢で話しているうちはハイエナたちも他の動物たちと同じように意地悪ではなかった。

10 やがて生き物が増加し、体系が複雑化したことによって、夢を共有することができなくなってしまった。

11 長年の苦労の末、新しいコミュニケーションの手段として言葉が作り出された。

12 するとだんだん人は生きている間に夢を見なくなり、夢は死者だけのものとなった。

13 そして深刻な夢不足になりハイエナたちの数が増えはじめた。夢不足が進んだからハイエナたちが増えたのか、あるいはハイエナたちが増えたから夢不足になったのかはわからない。

14 地面に大きな穴がいくつか出現しはじめたのもそれと同じ頃だ。

15 人間のなかで、ある種の者たちがうっかり穴に落ちるようになった。

16 穴に落ちた者は地下に暮らす。

17 どうやって地下の住人となるのか説明しよう。穴に落ちた者はまず漂白させられる。地上の言葉を地下に持ち込まないように着ていた服はすべて捨てられ、消毒液のシャワーを浴び、漂白剤の風呂に沈められる。ちなみに、この風呂はマザーの胎盤と同じ成分でできている。

18 浮かんできた者から順にカプセルを着せられる。このカプセルは今あなたが想像したような硬いものではなく、着ぐるみ状で可動式のカプセルだと考えてほしい。

19 その頃にはもうすっかり彼らから地上の記憶はなくなっている。

20 それからそれぞれ巣穴に導かれ夢追い人としての生活をはじめる。

21 そして彼らの生はいつのまにか終えられる。マザーのために。

22 地上にはハイエナたちがのさばっている。ハイエナたちはぺちゃぺちゃ喋る。ハイエナたちは人間たちに自分で手を下すことはない。彼らの手口は人間たちが争いを起こすように物を隠したり、人間の姿に変装して誤解を生んだりといったようなものだ。間接的に人間たちの殺し合いを助長し、そこから生まれた液状の憎悪や嫉妬を食べて生きる。

23 だから地上は危険な場所なのだ。

24 と、いうことになっている。

25 けれども地上の記憶をもっている者は地下にはいない。少なくとも夢追い人のなかには。

26 マザーは一生目覚めることがない。マザーは集められた夢を栄養にひたすら眠り続ける。

ヒトラーの抜け殻

ヒトラー感染の季節が近づいてくると毎年街のいたるところに「内なるヒトラーを打破せよ」という標語が大きく張り出されるようになる。駅や学校や会社にはヒトラー消毒液がもれなく設置され、食事前やトイレ使用後は必ず除菌することが法律で義務づけられている。

感染者を見分けるのは簡単らしい。リトマス試験紙のようなキットがあって、それを使えば感染しているかどうかは一目瞭然だということだが、わたしは見たことがないのでよく知らない。でもとにかく、ある日急に見かけなくなった人がいればその人は感染者だとみなして間違いない。連行されたのだ。連行された先で何が行われるかといえば、首を一度切断してヒトラー抜きがなされるのだという噂だが、これはあくまで推測でしかない。連行されて戻ってきた者なんていないからだ。

だからこうやってわたしがあなたに話していることは絶対に他言しないでほしい。

実は世に行われているようなヒトラー除菌はほとんど無意味だ。さらにいえば現段階でこの国の人口の半数以上が実質的には感染してしまっているだろう。わたしの場合も症状は肩こりだけだった。でもただの肩こりではない。自分の肩が重すぎてそこからわたしの体全体にじわじわと硬直が広がっていくようなひどい肩こりだったのだ。肩こりのせいでわたしは散歩にすら出かけられずにいた。外に出て自由に動こうとする下半身を別の人格を持った上半身が抑圧して押さえつけているかのようだった。

そこでわたしは思い切って先生にヒトラー抜きをやってもらった。先生はわたしの左肩の中に素手を差し込んで、ヒトラーのかたまりをつかみ出した。はじめヒトラーのかたまりはぬるぬるした黒い半透明の物体だったが、ぬろんん、と肩から抜けて小さな瓶に入れられるとそれは抜け殻になっていた。ヒトラーの抜け殻はなんとなくわたしの祖父に似ていた。

ヒトラーの抜け殻はわたしを一瞥すると、汚らしく鼻を鳴らして瓶の底に唾を吐き、聞き取れない言葉で激しく罵った。わたしはこんな奴が自分の肩に入って肩こりを引き起こしていたのだと思うと腹が立ったが、先生はわたしにこう言うのだった。きみはこいつを支配してはいけないし支配されてもいけない。まして殺してなんかならない。ただこいつを飼育するのみ。

ヒトラーの抜け殻を飼育すること自体はそれほど骨が折れることではない。奴は水槽の中で実に自律的な規則正しい生活をする。基本的に無害だ。それでもわたしはヒトラーの抜け殻のことがどうしても好きになれなかった。それは奴がわたしの行動を疑り深そうに観察して値踏みするような視線を投げるからでもあるし、時折ガラス越しにTVを見ている最中に癇癪を起こして唾をまきちらしながら悪態をつくからでもあるが、それだけではない。水槽の中、誰も話し相手がおらず一人しょんぼりと座っている姿、出された食事を飲み込み、TVを見て、決してここから出ていくことができないのにもかかわらず何のためかわからない勉強を日々こなし、他人を常に疑い、誰にも愛されることなくただ生き延びるためだけに生きている姿を見ていると、忘れてしまった記憶の奥底から湧き上がってくる憎悪のようなものがわたしの中に膨らんでいって怒りで隅々まで満ちた体が熱く火照るのだった。

そういうときわたしは奴を瓶に入れる。公園に行く。埋葬する。埋葬といってもただの生き埋めだから安心だ。でも奴はしぶとく、埋めても埋めても自分から瓶をこじあけて土を掘って地上に抜け出てくる。そしてわたしのことを鋭く睨めつける。わたしたちは睨み合う。それからまた、わたしは奴を瓶に入れて埋葬する。わたしは一晩中、何度もそれを繰り返す。これは虐待なんだろうか。でも仕方がない。奴を埋める度にわたしの熱くなった体がすうっと冷めて浄化されるような気になるのだから。

今もまだわたしはヒトラーの抜け殻を飼育している。飼育している限り、肩は凝らないようだ。

いや、わたしの祖父がまだ生きているのかどうかはわからない。
死んだら葬式には行ってやろうと思っている。

箱

襟をつまみあげて箱の中に投げ入れても母は暴れたりはしなかった。私に抵抗するにはもうあまりにも小さくなりすぎていた。いつからか縮みはじめ縮小は止まることなく今では薬指ほどの身長になってしまった。小さな体でリビングの床を徘徊されていると踏みそうになるので小箱を買ってその中で暮らしてもらうことにしたのだ。意外にも、箱の中の母はいつもよりもくつろいでいるように見えた。正方形の床にちょこんと体育座りをする母の表情は、今までに見たことのないほど穏やかで静かなものだった。私は母の安穏を壊さないようにそっと箱に蓋をした。私の頭の上で何かがすっと閉まる音がした。

2

代わりに大学に書類も出しておいた。空気清浄機も回してドレッサーの裏まで拭いておいた。好物のベリータルトも買ってきて箱の中のテーブルに置いておいてあげたのに、いつまで経ってもあの子はかからない。毎日掃除も料理もしてあげているのに、いったい何が足りないと言うんだろう。帰ってこなくなってもう三年と三カ月経った。夜になって、物音がしたので、そっと近づいて箱の中を覗いた。小さな蟻がうじゃうじゃと集まっていた。わたしは怒りに任せて箱を叩き潰した。タルトの崩れる音。蟻のはじける音。洋服の千切れる音。ちゃんと聞こえていたはずなのに、壊れた箱を開けると全部なくなっている。首の後ろがちくっとしたので、左手を伸ばして何かを摑んだ。手を広げると一匹の女王蟻がこっちを向いて立っている。どこからか甘い匂いが漂ってきて、わたしはそっちへと触角を向けた。

猫影荘

猫影荘入居規則

第一条（目的）　この規則は、猫影荘の入居について、必要な事項を定めるものとする。

第二条（入居資格）　猫影荘に入居できる者は、影が猫の形をしている者（以下、「猫影族」という）のみとする。影をもたない者や、影が人の形をしている者（以下、「人影族」という）は猫影荘に入居してはならない。

第三条（入居者の範囲）　本人および影。人一人につき影一匹。

第四条（入居上の心得）　影とは自立性をもったものである。たとえ自分の影だからといって思い通りにしようとしたり、見くびったりしてはならない。人影族のように自分が一番だと自惚れて、影を自分の形に合わせ、同じ行動を強制し、無理やり隷従させようなどと決してしてはならない。影を飼うということは影に飼われるということでもある。影は本体に興味のないフリをしているが、確実に我々のことを観察し、乗っ取りの機会を窺っているのだということを心に留めておくこと。影を尊重し、礼節を忘れず、だからといって媚びもせず、常に良好かつ緊張感のある関係性を保ち、猫影族としての自覚をもたなければならない。

第五条（門限）　日の入りまで。日が沈むと暗闇の面積が増えるため、紛れた影を見失ってしまう恐れがある。夜は夜らしく室内で静かに丸くなっていなければならない。夜は暗くて静かだから夜たりうるのである。

第六条（遵守事項）　入居者は、以下の各号に定めることを行わなければならない。

①　影の名付け……影に名前を付与し、影の名前を所有しておくことによって乗っ取られることを防ぐ。影の名前は他人に知られてはならない。万が一漏れてしまったら即刻病院に行って手術を受けること。

② 影の世話……食事・運動・爪切り等。一日二食さみしさを与え、適度に散歩させてやること。あまり太らせないよう注意。月に一回缶入りの暴力を少量与えておけば、化け猫発症率はぐんと下がる。

③ 影の避妊および去勢……影の繁殖を防ぐ。集団化した影の力はすさまじく我々の手には負えなくなる。事前予防。

第七条（禁止事項）　入居者は、以下の各号に定めることを行ってはならない。

① 影の切り取り……時々影は甘えてあわれっぽく鳴き体をすり寄せてくることがあるが、こういう時は要注意である。影に言われるがまま少しだけ自由にしてやろうと切り取った瞬間、影に乗っ取られることとなる。

② 影の交換・影の売買・影の譲渡等の取引……自分の影は自分のもの。人に自分の影を押し付けたり、逆に人の影を背負ってやる必要はない。隣の芝は青く見えるが、影の形など皆大差ない。自分の影だけ気にしていればよろしい。自己責任。

③　人影族との交友……人影族の影は普段地面に押さえ付けられており、鬱憤が溜まっていることが多いため、突然本人をなぎ倒し周囲の人々にまで襲いかかる恐れがある（俗にこれを「影の反乱」という）。人影族は古来から幾度も影の反乱を経験してきたにもかかわらず、その歴史を省みることなく、いまだに影を家来のように地面に這いつくばらせている。人影族は影をいつもひっつき回らせているために体が重く、不自由になっていることにすら気がついていない。人影族には同情しつつ、一定の距離を取り続けておくように。

小鬼穴

震度4、といったところだろう。一応避難した方がよいというのはわかってはいたが私は起きたくなかった。まだ夢の中にいた。私は夢の中で二人の小鬼と一緒に穴を掘っていて今日こそはなんとか完成させたいと思っていたのだ。もう何カ月掘り続けているだろう。それでも入るにはまだ深さが足りなかった。しぶしぶ私は穴から這い出て眠りを中止し机の下に隠れた。小鬼たちも眠ったまま私の傍にやってきて、部屋中の空気をカーテンを引っ張るように両手で寄せ集め、一本の太い束にまとめると、揺れを食べはじめた。ほどなくして無事に地震がおさまり、彼らは寝床へと戻っていった。

小鬼たちと暮らし出したのは数カ月前のことだ。セットの方がお得だというから双子の小鬼を購入した。彼らは地震が起こると揺れを食べてくれるし、私が起きている間は眠っているので特に手間もかからない。夜になると私たちは夢の中で落ち合う。月の真下が待ち合わせ場所だ。そして一緒に穴を掘る。なぜ我々が穴を掘るのかといえば、穴を掘った方がかくじつだからだ。彼らはうちに来てまだ間もない夜、私にこっそり教えてくれた。（小鬼たちは話をするとき言葉を交わす代わりに、頭に生えた犬歯のように小さな白いツノをちょこちょこと動かす）。穴を掘るといいよ。穴を掘るのが一番かくじつ。

以来、私は毎晩夢の中で彼らと共に穴を掘り、昼間、目が覚めているときは仕事場に行く。単調な毎日だ。その日は正午をだいぶ過ぎてから壁のところにいった。壁は今日もまっすぐに立っていた。壁に向かって私も立った。時折風に軽く揺られながらも倒れることなく私と壁はお互い黙って見つめ合っていた。やがて日の光が消え入り、昼の暖かさがなくなってしまうと、私はまた壁をおいて去った。壁は今日も何も言わなかった。

ついに穴が完成した晩、小鬼たちと私は一言も喋らなかった（ツノを動かさなかった）。焚き火がパチパチと弾けていた。小鬼の一人が火を飲み込んで消すと、彼らは立ち上がり、二人で私を抱えて穴の中に放り込んだ。私は穴の底から上を見た。夜空が穴の形に丸くくり抜かれていて、丸い空が浮かんでいるように見えた。小鬼たちは穴の上からニョっと覗きこんで私を確認すると、その丸くくり抜かれた空をくるくるとポスターを丸めるかのように巻きはじめた。私のいる場所はただの無になった。私は無の中に座っていた。そこは静かで、光もなく、時もない、確固とした暗闇だった。やがて、夢の外、世界のあちら側で、地震が起こりつつあるのがわかった。それもかつてなく大きな規模の、壊滅的な大地震が。きっと現実の私はなすすべもなく、あっけなく崩れ去る壁の下敷きになるだろう。

壁は叫ぶのだろう。固く閉ざしていたその口を開き、もはや壁でなくなってしまった壁は何を叫ぶべきかもわからずに、言葉にならない声で無意味に、かつて私であったものを呼んで叫ぶのだろう。

けれどももういいではないか。私はこの穴で揺れることなく暮らすのだ。ここには不完全な壁もない。不安定な家具も天井もない。完全なる暗闇があるだけだ。そして私は小鬼たちに食べられるのをただ待つまでの時間を、永遠のように無の中で生き続けるのだ。

失われたものたちの国で

人々は自らの死を予感すると湖を渡り
ここへ来てわたしに一冊の本を渡す
そのなかには彼らの生きた時代がしまわれていて
紙と紙の隙間からはささやき声が漏れている
わたしは言葉に耳を澄ませ
書庫に降りて
しかるべき場所にそれを収める
わたしはそうして集めた無数の本の守り人であり
死者たちの声を守るための墓守である
ここではからだをもつ生者は異邦人であり
温度、湿度、明るさすべてが死者に合わせられている
ここは死者の国
棚から取り出して本を開けばいつでも

手のひらの上に死者の声を聞くことができる
ここでは過去は現在と同列にあり
わたしは今とあの時とを行き来する
彼らはここにいないがここにおり
夜になれば彼らが呼吸する音が聞こえる
わたしはここにいるがここにおらず
わたしの未来は過去に埋めつくされている
彼らは一様にわたしに語りかけるが
わたしは彼らに語りかけることはできない
彼らは死んでいるが生きており
わたしは死んでいないが生きてもいない
人々の多くはこの国のことを図書館と呼ぶが
単に墓地と呼ぶ人もおり

ゴミ捨て場と呼ぶ人もおり
わたしは失われたものたちの国と呼んでいる

自転車が揺れる

関係者以外立入禁止
の黄色のテープを突っ切った

校庭の砂は粒子がやけに細かくて滑りやすい
二人乗りならなおさら
倒れそうになるたびに
僕たちのうちの漕いでいない方が声を立てて笑う
重量オーバー
だと言ってペダルが
ペダルが
きかないブレーキ
甲高い声をあげ
とっくに消えてしまった十年前のタイヤの跡をなぞるみたいにして

僕たちはぐらつきながら
蹴って
磨りガラス色の空に
砂埃が立つ

中身もあらわに取り壊されていく南校舎
とうの昔からもう必要とされてなんかいなかった鉄棒の青は
濡れて
水飲み場の蛇口は揃って上を向いたまま
非常階段
よくここで殴られたし殴りもした
僕たちが壊したせいで買いかえることになったプランターを
蹴飛ばす

ふりをして通り過ぎてゆく
花たちがひっそりと笑うのが聞こえた
ような気がしたけど振り向きはしなかった

退屈で退屈な制服の
作業員が窓から
僕たちに担任の声で注意を
投げる
投げ返す
地理の時間の真っ最中にぶちこんだ声
に揃って振り返る見えないクラスメートたちの顔が
目で追いかけてくる
僕たちの軌道を

でも捕まえられることなんかなかったし
それはいまもかわらない
僕たちは二人で
走り回る
行き先というものを
宙に浮かばせたまま
僕たちは二人で
走り回る

気がついていた言わなくても
僕たちの両方ともが
タイヤの空気が少しずつ抜けていっていることにも
僕たちの重さで走り続けるには時間切れだということにも

でも気づいていないということにして
バランスを保てるところを探っているみたいに静止から逃げて
壊れたスプリンクラーの飛沫を浴び
貧相な虹を突っ切ったり
互いに笑わせ合って
いたんだけれど
踏んでしまった
転がっていた南校舎の破片を
パンクする

と

宙に浮かばせておいた虹は消えてしまい
僕たちは僕一人にしぼんでしまい
なんにも見えない濁った泥水の真ん中で

止まる
流れ出た
倒れるまでのわずかな時の中に浸り
軽さに耐えられなくなった
自転車が
揺れた

ふんこつさいしんの夜の反復が、　わたしたちという夫婦

カチャカチャ、と鳴り損なった真鍮製の鈴は、明日、燃えないゴミに出しておくので問題ありません

（かたむく

お夕飯は割れているものと、割れていない、もの、と完全に分離されてますのでどちらでも選べます

（ゆらゆれ

先月、隣の、隣の、向かいの、義父に修理に出しておいたミキサーは無事、完治して戻ってきました

（ふるえる

よって、完全無欠になめらかなサーモン・ピンクです、繋ぎ目がわからないほどに純粋なピンクです

（ひびいる

わたしたちは上りゆく真夜中に向けて、リビングに散乱した言葉を回収し、強固な沈黙を開始します

（くずれる

お風呂あがりに全身に巻かれる包帯ほど健康にいいものはない、という信念に基づいてわたしたちは

（おちゆく

白の隙間から垣間見える、淡い、淡い、黄色い怪物、彼らはいつからこの街に住み着いているのかを

（ついらく

知らないというままに赤く黒くなって均等に長さを揃えた腕は腕に足は足に頭は頭にちゃんと合わせ

（こっぱみじん

机と椅子を繰り返しながら、わたしたち家具な夫婦は、大きな怪物のあくびを遠くに聴くのでしょう

声の姉妹

妹は姉の声だった　彼女たちは気づいたときから双子だったが　妹だけが声をもち姉は声をもたなかった　彼女たちはいつも行動を共にした　声をもたない姉は妹の手のひらのなかで五本の指を動かし自分の言葉を細かに伝えた　妹は姉の言葉を手のひらに聞き取りただの声となってそれを人へと伝えた　人は妹の声を通して姉の声を聴いたが　それは失われた旗のゆらぎのようなかすかな響きをもっていた　妹を通じて発せられる姉の声は美しかった

姉の声は美しかった

彼女たちが十五回目に迎えた九月の満月の夜のこと　姉は同じベッドに横になっている妹を起こし指で伝えた　もう沈みたい　わたしはあまりにも浮かんでばかりいる　沈められなければならない　二人は屋敷を抜け出て砂浜にシーツを広げ　そのなかにひとつ　またひとつと石を拾い入れ　端と端を結んだ　その包みを両手で抱えながら二人は打ち捨てられたボートを海に押し　ゆっくりと飲み込む闇へと乗り出していった　手を握り合って波に揺られている沈黙のあいだ　妹は姉にひっそりと訊ねた　浮かんでばかりいるというのはどういうことなのでしょう　姉は妹の手のなかで指を少しだけ動かした　指は冷たかった　妹は姉の言葉を聞き取ることができなかった

波のない場所に辿り着くと姉は石を入れたシーツを抱え海に飛び込んだ
妹はボートから身を乗り出して覗き込んだ
泡がのぼりつづけていたがやがて消え海面は鏡のように妹の顔を映した
生活から姉がいなくなると妹は声を出さなくなった　声を失くしたわけではなく話すべき事柄が見つからなかったのだった　それまで自分がいったい何を話していたのか思い出せず　記憶にあるのは姉の美しい声と手のひらの温度だけだった　人は彼女が何も話さないためにいなくなったのは妹の方だと思い込んだ　人は妹を姉の名前で呼び　妹は姉になった　妹は妹を失い　自分の声を忘れ　その体には発せられない声が蓄積されていった　次第に　自分が自分から浮かんでいくのを感じた　自分は声をもたない一方で　世界は騒々しいほどにざわめいているのだった
妹はひそかに夜の海辺に出て世界のざわめきを振り払おうとした　月に乞うように舞った　大きな波が打ち寄せた　妹は闇の奥へと濡れた足を進めて歩いた　足が届かなくなると腕で水面に円を描きながら泳いでいった　やがて姉が沈んだ場所に辿り着き　妹は泳ぐ腕を休めて浮かんだ　懐かしい体温を感じた

姉の声は美しかった
妹が目をつぶると無数の姉たちの指が妹の足首を妹の手首を妹の髪の毛をつかみ海の底の静寂へと引きずり下ろした
彼女たちのかつて住んだ屋敷のベッドには新しい二人の少女が深く眠っていた　誰も見たことのない顔だった　けれども重要なのは顔ではなかった　とにかく一方は声をもち一方は声をもたなかった
それだけで十分だった　朝になれば　人は声をもつ方を妹と　もたない方を姉と呼ぶのだ

継承

姉のようなひとたちは
とてもうつくしく流してゆく
うごかなくなったものたちを　そおと　そおと
波にのせて　（どこにもたどりつかないように

ひだのよった表面は灰色を映し
水中で誘うように揺れる
わたしたちのスカートの間で
押し合い　囁き合い
悪あがきに
空を掻こうとする死に損なった死体ども　（目と目をあわせないように

母のようなひとの半音

落ちた歌にあわせて姉の
ようなひとたちは
ひら　ひら　と笑いをつける　（じょうず　じょうず　とてもじょうず
とうの昔に干からびてしまった
母のようなあのひとは
岩の上でいつまでも
母であることをやめない

あしたになればわたしもこの
手でかれらを流すのだという　（千切れないように　そおと　そおと
わたしの流すべきものは　どれか
かつてわたしがわたしたちになるまえに
わたしを沈めたものは

どれか　どれか

うごかなくなった父たちを
とてもうつくしく流してゆくわたしたち　(じょうず　じょうず　とてもじょうず
冷めゆくことのない柔らかな母の血に腰の上まで浸かり
はるか昔わたしたちの髪を撫でた男の手のひらの大きさを忘れながら
なんども　なんども
わたしたちはうつくしく流してゆくだろう

てなしむすめ

それを見ると、父さまはこのときだと思って、腰にさしていた木割りで、かわいそうに娘の右腕から左腕まで切りおとして、泣いている娘をそこに残して、ひとりで山を降りてしまいました。「父さま、待ってくなされ、父さま、いたいよう」といって、娘は血まみれになって、ころげながら後を追いかけて行きましたが、父さまは後も見ないで行ってしまいました。

——「手無し娘」

両腕がないとマグカップを持てないのが残念です
裏の庭の水車を眺めながらお紅茶を飲む
というのが夢でしたから
わたしはてなしむすめ　片輪の娘ですが
日々の務めを丁寧にこなします
だからお屋敷は昔と変わらず清潔さを保っていて
窓はそこにガラスなんかないみたいに透き通っています
一日の最初には庭に水やりにいくのが習慣です
埋めておいた庭のリンゴの木の下から
あの人が生えてくるのを心待ちにして
もう数年の時が経とうとしています
今日は晴れ　ときどき雷雲
わたしは口にジョウロを咥えて

リンゴの木までいってみますが
芽は出ていません
声も出ていません
わたしは地面に這いつくばって
前歯で掘りあてますあの人の顔面の部分を
けれど現れたのは朽ちた肉塊のままのお父さん
くさった耳たぶ
欠けたくちびる
手間のかかる割になかなかうまく育ちません
わたしはがっかりしながらも
蹴って土を被せ
その上から水をたっぷりかけておいてやります

くろい、くろい、あめのくろい、よるにあめがふっていました。
まどがわれて、しまうほどくろく、よるにあめがふっていました。
あめのふるおと、のなかからと、をたたくおとがきこえてきました。
わたしはあけませんでした、けれどもお父さんはあけてしまいました。
するとくろいふく、をきたものたち、が三人ならんではいってきました。
わたしはくろいふく、に、あっ、というまにとらえられてしまいました。
わたしはりょううでを、ぐる、ぐると、きつくしばられてしまいました。
わたしのよこ、でお父さんは、もく、もくと、えにっきをかいていました。
くろいふく、の一人がオノ、をくろいかばん、のなかからとりだしました。
べつのくろいふく、がわたしをゆか、につよくおしつけてコテイしました。
おおきなオノ、をもったくろいふく、がわたしのかた、をきっていきました。
お父さんはもく、もく、もく、もくと、ねっしんにえにっきをかいていました。
くろいふく、ののこりはわたし、をながめながら、おこうちゃをのんでいました。

わたしは、おおきく、おおきく、おおきく、おおきく、なきごえをあげていました。

お父さんは、もう、もく、もく、もくと、ねっしんにえにっきをかいていました。

くろい、くろい、くろい、くろいあめのおとがしてわたしのなきごえはきえてなくなりました。

雨の日は水をやらない方がいいと言われているのですが
ついやりたくなってしまうそんな親心です
今日は雨　重い雲　ときどき横切る嵐の音
わたしは首に赤い傘を挟んで
リンゴの木までいってみます
けれどまだお父さん
目はあらぬ方
鼻にはミミズ
いびつな口の隙間から（たすへてふれ

と漏らしこのわたしに哀願してくるのです
だからわたしは
腕をどこにやったの腕わたしの腕わたしの腕を返して
と言い
はやくあの人になれあの人になれあの人になれ
と念じて
また土を蹴って被せて踏んで顔に蓋をしておきます
なにやら呻き声が聞こえますが
わたしは赤い傘をまわして鼻歌を歌います
部屋に戻って靴の泥を丹念に拭い落としたあとは
絵日記を書いておくのが毎日の習慣です
わたしはてなしむすめ　不自由な体ですが
日々の務めを丁寧にこなします

机の上に開かれたままの分厚いノートを風がめくって
止まった白いページを見下ろしながら
わたしは黒いペンを歯の間に咥えます

くろい、くろい、あめのくろい、よるにあめがふっていました。
やねがおちて、しまうほどくろく、よるにあめがふっていました。
あめのふるおと、のなかからと、をたたくおとがきこえてきました。
お父さんはあけませんでした、けれどもわたしはあけてしまいました。
するとくろいふく、をきたものたち、が三人ならんではいってきました。
お父さんはくろいふく、に、あっ、というまにとらえられてしまいました。
お父さんはからだじゅうを、ぐる、ぐると、きつくしばられてしまいました。
けれどわたしはおゆ、をわかしていたので、それどころではありませんでした。
くろいふく、の一人がノコギリ、をくろいかばん、のなかからとりだしました。

べつのくろいふく、がお父さんをテーブル、につよくおしつけてコテイしました。

おおきなノコギリ、をもったくろいふくが、お父さんのくび、をきっていきました。

けれどわたしはコップにおゆ、をそそいでいたので、それどころではありませんでした。

お父さんは、おおきく、おおきく、おおきく、おおきく、なきごえをあげていました。

くろいふく、ののこりはそれ、をながめながら、おこうちゃをのんでいました。

わたしはくろいふく、のとなりにならんで、おこうちゃをのんでみました。

わたしたちは二人でおいしい、おこうちゃおいしいね、といいました。

時折
わたしは
切断された
途方もなく黒い夜を思い返します
固い刃が押し当てられ

冷たさが肉に食い込む
指の強さ
笑い声
汗の匂い　血の満ちた床　斧を振るう音
が底の方から
わたしに向かっていつまでも
おいでおいでと手招きしているような気になるのです
そんなときは
想像しますあの人の姿の指の先の隅々まで
心臓をなだめますあの人の顔を思い描いて
お父さんがうまく育ち
あの人が生えてきたら
きっと

あの人はわたしの両腕をどこからか見つけ出してきて
生まれたての我が子を抱くようにこの上なく大切に
わたしの部屋まで届けにきてくれる
のだと
わたしはあの人が大きな手でノックするのを今か今かと
そっと
耳を澄まして待ち続けているのです

それはしろい、しろい、ひかりのふる、しろい日のことでありました。

しろく、しろく、はれるおと、のなかからと、をたたくおとがきこえてきました。

ずっとまっていたもの、がおとずれたのだとおもい、わたしとお父さんはあけてしまいました。

するとくろいふくをきて、かさをさしたものたち、が三人ならんではいってきました。

わたしとお父さんはくろいふく、に、あっ、というまにとらえられてしまいました。

世間から切り取られた

わたしたちはからだじゅうを、ぐる、ぐると、きつくしばられてしまいました。
それはしろい、しろい、しろいひかりのふる、はれた日のことでありました。
くろいふく、をきた三人は、しろいひかり、のなかにきえてしまいました。
わたしはうで、をお父さんはどうたい、をもっていかれてしまいました。
わたしとお父さんは、おおきく、おおきく、なきごえをあげていました。
するとはれるおと、のなかからと、をたたくおとがきこえてきました。
しろいひかり、のなかから、しろいふく、が一人はいってきました。
しろいふくは、わたしたちのうでとどうたい、をかかえていて、
それらをもとにもどしてぴたりとくっつけてくれたのでした。
わたしたちはよろこんでてとてをとりあいだきあいました。
それからわたしたちは三人でしあわせにくらしました。

この街には
わたしたちの他に誰も住まないので
雨の降らない日は一面に静寂が広がっています
今日は快晴　腹立たしいほどに　ただの空
わたしはペンを咥えたまま
寝椅子に横になり
目をつぶって太陽の重みを計ります
そうしているとわたしには
肩から先がまだあって
思うまま自由に
絵を描き
花を摘み
水を掬い

人差し指で砂に一本の線を引く
ことを夢に見ることがあります
それは単純に夢でしかないのだけれども
その感触は目覚めたあとも着実に残り続け
それをわたしはてなしむすめの体の内に
次の眠りが訪れるまでしまっておきます
寝返りを打つと
椅子がかすかにきしみます
庭の下の方から無数の小さな生き物が蠢く気配がし
遠くでは
水車がカタカタとまわる音が聞こえています

わたしたちの声を聞いて

埋められたくなかった押しつぶされたくなかったわたしたちは跡形もなく切り取られたくなかった奪われたくなかった落とされたくなかったわたしたちは右も左も削がれて底に追いやられたくなんかなかったわたしたちは小さくされてこんな狭くて暗くて息のできない何も見えないところなんかに運ばれてきたくなかったわたしたちは失われたくなんかなかったわたしたちは失いたくなんかなかったわたしたちはわたしたちを失いたくなんかなかったわたしは見えなくなりたくなかったわたしは聞こえなくなりたくなかったわたしは舌をわたしは鼻をわたしは髪をわたしは胸を肌を血を温度を失いたくはなかったわたしたちはわたしたちの痛みがなくなってほしくなかったわたしたちはそこにちゃんと痛みというものがありつづけることによってわたしたちというかたちが存在してほしかったほしかったほしかったほしかったわたしたちはわたしたちが確実にほしかったわたしたちは感じることがほしかったわたしたちはわたしたちをこぼすことなくもっていたかったわたしは両足わたしはくるぶしわたしは爪先だけでもいい雨の中かじかんで寒さを感じてみたかったわたしは日焼けした肌わたしはふっくらした腕をつけてそしてそれを誰かの首に回して汗をかいてみたかったわたしは小さくても構わないから耳をもち遠く澄ませて太陽が上っていく音を聞いてみたかったわたしは逆さまになった蛇口

から溢れる水を飲むための唇がわたしは木漏れ日が地面に注がれていくのを眺めるための両の瞳をもちたかったわたしは手のひらを広げその上に天道虫をのせ指の先までそっと自分で歩かせてみたかったわたしたちはみたかったわたしたちから流されてしまったものたちが流されてしまうことのない現実の上を生きてみたかったわたしたちは生きたかったわたしたちは大きく息を吸い込んで世界の上を生きてみたかったわたしたちはわたしたちを押しつぶそうとする無数の黒い手を押しのけて立ちたかった立ち上がりたかった立ち上がって上に上ってわたしたちは飛びたかった飛んでそしてわたしたちは雲の上の上の上のもっとかなた空の端からわたしたちの声を世界の隅々まで降らしてみたかった

ロボットが空から

ロボットが空から落ちてくる
そんな映画を撮影しましょうわたしたち三人で
ジャングルジムのてっぺんからわたしを見下ろして柔らかにそう言うのは
ハルの声
そうね
はじまりはどこか遠くの星
終わりかけている惑星
そこで捨てられてしまったかわいそうなロボットが
落ちてくるのこの街のこの公園に
落ちてくる過程で
重力にほどかれてしまったロボットのからだは
分解されてばらばらになって
部品そのひとつひとつが

舞い降りてくるの綿毛みたいにゆっくりと
ゆっくり
落ちてきたからだは
空色や
雲の色をした遊具にあたって
そのあたった音が音楽を奏でて
それに合わせてわたしたちは踊る
そんな映画を撮りましょう
ハルはそう言って長い髪をふりほどいて
ハルのよこに座っているカゼがハルの透けるような髪をとかしている
わたしはそれを見て
なんてきれいな二人なんだろうと
なんて完成されているのだろうと

王女と王子みたいでわたしは王座を見上げるかのように
ブランコの上で
ただ頷く
彼女たちはカメラを通す前から完成しているから
わたしは何も喋らないほうがよいのだと
いつも思う
わたしが口に出すことは二人には
この街には
場違いな言葉ばかり
彼女たちにもそれがわかっている
話をするだけで話をききはしない
きれいに心地よくひびかせたらそのまま二人でどこかに吹いていってしまう

誰もいなくなった公園でわたしはひとり
ブランコをこぐ
きしむ
金具
わたしの出す音は汚い
ぎいこうぎいこう
くりかえし
くりかえす
今日もわたしは何も言えないまま
なんてきれいな二人なんだろうと
なんて完成された二人なんだろうと
見上げていた
でも

つくりものでしかないじゃない
ハルもカゼもその言葉もこの街も
表面を
やさしくなでているだけだから
重さなんか持たずに
すぐ忘れる
同じ
言葉を同じ毎日を同じ芝居をくりかえして
ばかり
そうくりかえしてばかりじゃない愛しかもたないわたしたちは
つくりもの
だらけのパステルカラーに埋めつくされてしまったこの街で
この街は

雨の降ることがないから人々は屋根をつくることもせずに
無防備に
心地よさに麻痺してしまって痛みを感じないまま
延々と
トランプを切り続けているかのように薄い日々を水増しし
そしていつか
使い終わってどこかになくしてしまった消しゴムみたいに
知られることのないまま
死んで消えてしまうだけの命を
祝福するように
すりへらして

ブランコをこぎながらわたしは地面を

蹴る
浮いて
上を
向いて思い切り身をそらし
このまま何もかもが逆さまになってしまえばいいのにと
空を見る
ぎいこうぎいこう
雲を見下ろして
ぎいこうぎいこう
見下ろしていると点
点?
黒い点
黒い小さな点が

一つ
じゃない三つ、四つ、六つ、八つ、十、二十、
ちがう、五十、六十、一〇〇、二〇〇、五〇〇、一〇〇〇、莫大な、無数の、
点
点が
わたしたちの星に
わたしたちのこの街に
わたしのこの公園にやってきて
ロボットが
空からロボット
空からロボットが落ちてくる
落ちてくる
それは

無数のボルト
無数のナット
無数のネジ無数の金属の破片それは突然と激しく降りそそぐ
降りそそぐ
それは落ち
散らばり
叩きつける訴えかけるように
殴って地面を
えぐりすべり台を
割り
シーソーを折り曲げ
板を打ち
破って

崩壊させる
ジャングルジムを
まだ
止まない点
点
点が
新たな点が次々とこの街に出現しては墜落し
生まれてくるかのように
死に続ける
ロボットが
ロボットが空から
ロボットが空から落ちてくる
ロボット

それはかつてロボットであったものたちの亡骸それは
かつてロボットであったはずの欠片たちが落ちながら形づくる集合体
集合体が鳴らすその音は
その音は音楽なんかじゃ決してない叫びだ
それはロボットの叫びである嘆きである怒りである
それはわたしの叫びである嘆きである怒りである
雨のように降る点
雨のように降るロボットそれを
わたしは懐かしいと思う
その感覚を懐かしいと思う
待ち望んでいた柔らかなこの街を打ち破る存在を
強くもっと強く
叩け

わたしに冷たく硬く重く
わたしは硬く雨を落とす
かつてロボットであったはずのきみ
かつてロボットであったかもしれないわたしのからだを
内側から破裂させろ雨

雨が
新たな雨を呼んで
水色ではなく錆色に染まりきった雨をここに
落ちるまでに吸い込んできた血の匂いをたぎらせて雨が
眠りきったこの街に
現実を投下する

ロボットが空から落ちてくる

それは
映画のスクリーンの中だけで起こること
けれどそれは
わたしの中で起こることかもしれず
いつかあなたの中でも起こりうること
今日も
人々は中に入っては出
目覚めては眠ることを相変わらずくりかえす
そしてまた夢からさめて
まださめてはいなかったのだと
眠りにもどり
でも夜はじっと身を潜めてあなたのすぐ近くに
生きている

王女と王子には聞こえないようにひそかに
どこか遠くの星で
捨てられたものたちが宇宙を落下しだし
この街のどこか忘れられたはずの裏路地で
誰かの影が
そっとはじまりをつげる

ロボットが
空から

はじまり

彼らは名前をもたない。彼らは執着をもたない。彼らは識別をせず、よって憎しみをもたない。彼らはその短い生涯を、穏やかな愛情だけを糧として生きる。彼らは喜怒哀楽は彼らにはない。彼らは特定の家族をもたず、皆が自分の家族である。母や父や兄弟姉妹といった役柄も彼らの間には存在しない。彼らの間では誰もが対等であり、誰もが偏ることなく等しい愛を受け、受けた分だけまた人に与える。

時折パステルカラーのこの街を大きな風が通り過ぎると、盛り上がった海が氾濫し、押し寄せた波が家々を流し去る。淡い黄や緑の家の破片が深い青に飲み込まれ、あとには元から何もなかったかのように莫大な無が広がる。けれども常に愛し合っている彼らにとって別れなどは苦痛でない。唐突な別離は当たり前の現実であり、そのときのためにいつも愛を蓄えている。

どうやって?

毎朝彼らは出かけてゆき、帰る頃には元の家を忘れている。間違った家に入り、間違ってよその人々と食事をする。よその人々はその間違いを指摘しようとはしない。そもそも自分自身だって間違いなのだから。彼らは他人の風呂に入り、他人のベッドで眠り、翌朝起きれば皆に、行ってきますとキスをする。彼らはいつどこでも互いに挨拶をして笑顔を交わす。相手の体に腕を回し、きつく抱きあう。人は違ってもなされる会話はいつだって同じだ。おはようではじまり、おやすみで終わる。そこに差別はない。彼らの日々はただ同じ持ち札を延々とシャッフルし続けるようなものだ。彼らは自分たちに教えられたこの生き方を忠実になぞり、次に生まれてくるものたちにその生き方を伝える。

しかしどんなところにも例外が生まれる。どんな商品にも壊れ物はつきものだ。

そしてそれは起こる。

私たちはその子を「イチ」と名付けよう——あくまでも便宜的に。イチはいつも通り朝ごはんを食べ、おいしいと言って笑みを浮かべ、行ってきますと皆に別れのキスをして家を出る。誰かとすれ違えば、おはようと挨拶を交わし、その度に相手の体に腕を回して抱擁する。学校に着くと他の生徒と共に生命の授業を受け、放課後には歌とハープの練習をし、ベルが鳴ると教室を後にして新たな家まで歩いて帰る。けれどもその日イチはなぜか自分の体が勝手にある方角に向かおうとしているのを感じる。イチはかつて抱いたことのないこの強い衝動に戸惑いながらも、体の求めるままに足を進めてみる。見慣れた住宅街を抜け、海沿いの小さな道に出る。人の姿は見当たらなくなり、聞こえてくるのは波の音だけだ。イチは黙々と歩き続ける。舗装された道は途絶え、湿った土が靴の裏にくっつき、足取りが遅くなる。体がやっと進むのを止める。イチが視線を上げて見回すと、辺りには古びた細長い石が林立している。石の一つ一つにはそれぞれ文字が刻まれているようだ。それははるか昔人間たちに墓と呼ばれていたものであるが、当然のことながらイチはそのことを知る由もない。壁も天井もないなんて奇妙な形の家だとイチは不思議に思う。石の柱には苔がむし、地面には雑草が生い茂り、近いうちに誰かが歩いた形跡はない。

ふとイチは白い石の前で立ち止まる。石の両側に置かれた花瓶には水が溜まり、表面には死んだ虫たちが浮かんでいる。イチは石に巻きついたツタを退け、砂を払い、刻まれた文字を見る。もちろんその文字は昔の言葉であるためイチは読むことができない。ここはおそらく家ではないのだ。イチはそう結論づける。きっと間違えてしまったのだ。早く家に帰らなくては。足早に去っていくイチの胸の中には居心地の悪いような、しかし同時に懐かしくもある感情が湧いてくる。それは決して心地よいものではなく体の内側から何か柔らかくて生ぬるいもので胸を撫でられているような感覚だ。イチは自分が感じたままを言葉で表現してみようと試みるが、学校が彼に与えた害のない語彙をいくら用いてもそのぬるぬるとした感触をうまく表現することはできない。日が沈んでから新たな家に着き、新たな家族とただいまの抱擁を交わしながらも、イチの心はその余韻に浸ったままだ。

次の日の放課後もイチの体はまた海の方へ向かって歩いている。行ってはならないという予感がするにもかかわらず行かずにはいられない。空は曇っていて、堤防に当たる波の音は強まっている。曇天なんてこの街では珍しいことだ。しかしイチは空や波のことなど全く気に留めない。ちゃんと同じ場所に辿り着けるだろうかという問題しか頭にないのだ。無事到着したイチは昨日よりもさらに奥に進んでみようとする。いくつもの石の柱の間を通り抜けてゆくと、突然石の並びが途絶え、草もなく地面がむき出しになった広場が現れる。広場の端は崖になっていてその向こうは海だ。イチは広場の真ん中に大きなものが落ちているのを見つける。それは石ではない。何かの瓦礫だ。鉄の塊が打ち捨てられているのだ。イチはその鉄の塊のまわりを縁取るように歩いてみる。潮のせいか全体が錆びてボロボロになり一面に赤茶けた斑点ができている。人間の大人よりふた回りくらい大きくて、見ようによっては人の形に見えなくもない。とれかけてはいるが手足のようなものもあり、顔に当たる部分には目と思われるガラス玉がはめてある。

イチは鉄の塊の横に座り、そっと指で表面に触れてみる。古いものや汚いものに触ってはいけませんという先生の言いつけを破っている自覚はイチにはない。ただとにかく自分の肌で触れてみたかったのだ。イチは鉄の塊の硬さや冷たさ、こびりついた苔のつぶれる触感を確かめる。指についた苔は生臭い匂いを発している。それはイチにとって嫌な匂いのはずなのにそれほど嫌だとは感じない。その代わりにまた胸の内側を撫でられるようなあの感覚がイチを襲う。

「お母さん?」

イチは声に出してみたが、なぜその言葉が口から出てきたのか自分でもわからない。鉄の塊から返事はない。冷たく硬く苔むしたままだ。だがその言葉がまさに、昨日からイチを度々襲っていた感覚をちょうど言い表しているような気がして少しすっきりする。イチは鉄の塊の横に座り、日が沈むまで海を眺める。

それから毎日欠かすことなく、放課後イチは墓場に寄って鉄の塊に会いに行く。何か喋るわけではない。「お母さん」と言って以来イチは何も語りかけてはいない。けれどもイチは時間を忘れていつまでもそこにいて、家へと帰る時刻は日々遅くなり、学校に行っても授業に身が入らなくなり、先生の話はイチの頭上を流れ去り、歌の時間も歌うことなくぼうっと立っているだけとなる。

このときイチの様子がいつもと違うことに誰かが気づいていれば何か変わっただろうか？　墓場へと向かうイチに誰かが気づいて止めていればあんなことにはならなかっただろうか？

いやそもそも「違い」に気づくなどということは彼らには不可能だったのだ。彼らは識別する能力を放棄し、愛だけを選んだのだから。

そのツケは払わなくてはならない。

毎日墓場に寄り道していたイチはあるとき、「お母さん」の横に座って目を閉じる。すると墓の下の方から何かが歌っているような、泣いているような声が聴こえてくる。イチは何とか声を聞き取ろうとするが、聞き取れないうちに眠くなりそのまま眠り込んでしまう。日が沈み夜が訪れてもイチは目を覚まさない。イチがまだ家に帰っていないということを、そして墓場にいるということを知っている人など一人もおらず、その日イチは結局帰ることなく次の朝を迎える。

目が覚めて、自分が家に帰り損ねてしまったことを悟ったイチは、もはや今さら学校に行こうとはしない。**こうして「イチ」は完全にイチになる。**白い太陽が雲の中を上ってゆくのをイチはお母さんの横でぼんやりと見上げている。腹が空くと、海沿いの道で見かけた電気もついていない寂れた売店に行き、レジの老人が居眠りしている間にパンと飲み物を盗んでくる。イチはパンを小さくちぎってお母さんに渡す。相変わらずお母さんは動かない。イチはちぎったパンを自分の口に放り入れ、ジュースで流し込む。空は薄暗くなり、海は荒れている。じっとしていると波の合間にまた墓の下の方から歌声が聴こえてくる。心なしか昨日よりも大きくなっているようだ。イチはその旋律に合わせて小さく歌を歌ってみる。悼むようなメロディーだ。誰を悼んでいるのだろうか。イチは両目をつぶり、ただ歌うことに集中する。

周囲の木が風に揺れてしなり、葉がかさかさと音を立て、墓の石を覆っていたツタが蠢き出し、死んだ虫たちが息を吹き返す。この街にいるはずのないコウモリが木々を飛び交い、街の人々の心の中には新たに黒い感情が芽生えてくる。だが目をつぶったままのイチは当然、そういった不思議な現象にも、隣に横たわっているお母さんの目が動いていることにもまだ気がついていない。

海の上では雲が集まり、海面に大きな影を生んでいる。やがて重くなった雲は水滴と化し、街に雨がざわめきはじめる。

初出一覧（大幅な加筆・修正あり）

どうぞこちらへ……「プラトンとプランクトン」2017年11月23日
埋葬……書き下ろし
森の番人……「いちゅうの夢風船」2017年7月7日
夢追い人とハイエナたち、および地下の生活について……「ぷらとりあむ」2017年9月30日
ヒトラーの抜け殻……「現代詩手帖」2018年5月1日
箱……「ぷらとりあむ」2017年3月21日
猫影荘……書き下ろし
小鬼穴……「ぷらとりあむ」2017年11月9日
失われたものたちの国で……「東京新聞」2018年3月24日
自転車が揺れる……「ぷらとりあむ」2017年4月29日
ふんこつさいしんの夜の反復が、わたしたちという夫婦……「プラトンとプランクトン」2017年5月7日

声の姉妹……「ぷらとりあむ」2017年9月27日
継承……「ぷらとりあむ」2017年8月5日
てなしむすめ……「ぷらとりあむ」2017年5月27日
わたしたちの声を聞いて……「ぷらとりあむ」2017年4月29日
ロボットが空から……「読売新聞」2017年11月24日
はじまり……「ぷらとりあむ」2018年1月31日

なお、次の作品は以下のものから着想を得て一部引用している。
ふんこつさいしんの夜の反復が、わたしたちという夫婦
……映像　武藤麻衣「私たち夫婦は、家具な人で交尾をする」
てなしむすめ
……関敬吾編『日本の昔ばなし（1）こぶとり爺さん・かちかち山』岩波書店、1965年
はじまり
……J・D・サリンジャー『大工よ、屋根の梁を高く上げよ・シーモア―序章―』野崎孝・井上謙治訳、新潮社、1980年

■著者略歴

深沢レナ（ふかざわ・れな）

1990年生まれ。著書に『痛くないかもしれません。』（七月堂）。『ヒドゥン・オーサーズ』（惑星と口笛ブックス）、『ガール・イン・ザ・ダーク』（講談社）といったアンソロジーにも参加。

失われたものたちの国で

2018年12月21日　第一刷発行

著　者　深沢レナ

発行者　田島安江

発行所　株式会社 書肆侃侃房（しょしかんかんぼう）

〒810-0041

福岡市中央区大名2-8-18-501

TEL　092-735-2802

FAX　092-735-2792

http://www.kankanbou.com　info@kankanbou.com

装丁・DTP　園田直樹（書肆侃侃房）

印刷・製本　シナノ書籍印刷株式会社

ISBN978-4-86385-349-2　C0093